AF330964

LES
PREMIERS TRAVAILLEURS
CHRÉTIENS,

PAR M. EUGÈNE TALBOT.

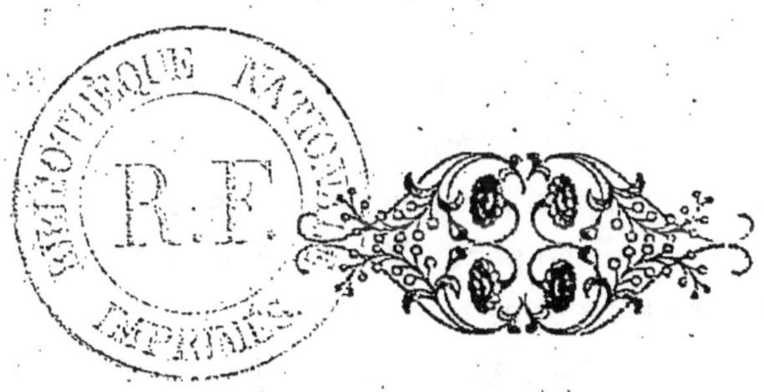

NANTES,

IMPRIMERIE DE M.me VEUVE CAMILLE MELLINET.

—

1848.

LES

PREMIERS TRAVAILLEURS

CHRÉTIENS,

PAR M. EUGÈNE TALBOT.

Au moment où toutes nos âmes, tendues vers l'avenir, apercevaient à l'horizon lointain un point noir, gros d'événements et d'orages, la tempête s'est tout à coup rapprochée; elle a grondé; la foudre populaire a frappé un trône; une dynastie a péri; une société caduque a sombré, comme un vaisseau vermoulu, battu depuis longtemps par la fureur des vagues. Grande a été l'émotion : les plus résolus eux-mêmes ont tremblé. Est-ce à dire toutefois que l'humanité soit abîmée dans un naufrage qui l'engloutisse à jamais ? Ne le croyons pas, Messieurs; ne désespérons pas de la Providence. Au ciel de la France brille une étoile, qui, depuis dix-huit siècles, éclaire le monde entier. C'est l'É-vangile. Ce divin fanal nous guide, à travers les débris et les ruines, au rêve bientôt réalisé de la fraternité humaine. Marchons à sa lumière, sans craindre qu'il puisse nous égarer. Nous sommes en présence de l'inconnu ; mais nous avons l'enseignement du passé : l'édifice social a croulé ; mais l'espérance habite au fond de tous les cœurs généreux et dévoués. Ne l'oublions pas : les questions sociales qui surgissent, les problèmes dont la solution entraîne le sort des hommes, ne peuvent se décider que par la raison fécondée de l'amour : or, c'est là toute la loi du Christ. Par elle seule, la fraternité solidaire dirigera l'emploi des forces de chacun à l'avantage de tous ; par elle le travail individuel devra concourir à la richesse commune. Qu'est-ce en effet qu'aimer, sinon mettre ses bras, son cœur, sa vie au service de qui l'on aime ? Et qu'a dit le Christ ? « Aimez-vous les uns les autres ! »

Ici, Messieurs, une grave difficulté se présente. Les passions et les faiblesses de l'homme ont altéré et altéreront toujours la loi divine. Détournée maintes fois, dans le cours des âges, de sa pureté primitive, elle a aiguisé les poignards du fanatisme, armé les nations contre les nations, poussé les hommes dans les voies étranges et affreuses de l'aberration et du crime. A d'autres époques, elle est demeurée sans force, languissante, énervée : l'intérêt et l'égoïsme, ces poisons du véritable amour, ont substitué le culte de l'or à celui de la morale évangélique. Ce serait donc nous repaître d'une vaine chimère, que de croire le temps venu d'un âge idéal et romanesque, où la vertu seule présidera à tous nos actes et fera battre à l'unisson tous nos cœurs. Loin de nous cette utopie rêveuse. Mais ne laissons pas envahir notre âme par le découragement et par le dégoût. Relevons-la plutôt par la vue des merveilles qu'a jadis enfantées l'intelligence sincère et précise de la parole du Christ. Appelons l'attention des hommes sur ces braves champions de l'Église primitive, dont la vie sera pour jamais la gloire et l'instruction de la chrétienté.

Aujourd'hui, Messieurs, les mots de travail, d'ouvriers, d'association, sont dans toutes les bouches ; et c'est justice : la loi chrétienne fait appel à tous : nul ne doit être exclu de la vigne où le maître convie les travailleurs ; mais autour de ces mots se dresse un problème dont se préoccupent toutes les intelligences. Faute de pouvoir résoudre pour l'avenir une question qui écrase nos forces, nous avons tourné notre regard vers le passé ; nous avons songé à ces premières associations d'ouvriers chrétiens, qui, dans une société efféminée, corrompue, viciée jusqu'à la moelle, ont gardé intact et pur le dépôt précieux de la religion et du travail. Un sentiment de curiosité émue a guidé nos recherches. Jamais ailleurs la sublimité de la loi du Christ ne nous apparut plus évidente et plus lumineuse ; jamais ailleurs les principes éternels, sur lesquels doit s'appuyer la société moderne, n'ont été plus largement et plus complétement appliqués.

Ces institutions ont fait leur temps, je l'accorde. Les moines ont péri sous la férule de nos fabliaux, sous les étrivières de Rabelais, sous la massue de quatre-vingt-neuf, et plus encore sous leurs propres abus. Prétendre, en dépit du progrès des âges et de la marche continue des siècles, rendre la vie à ces corporations éteintes, vouloir réunir encore sous la bannière d'un Antoine, d'un Sérapion, d'un Pacôme, d'un Basile, une légion nouvelle de soldats du Christ, ce serait folie. Nous sommes de ceux qui croient au mouvement incessant des sociétés humaines : ce qui a été ne saurait plus être, ce qui sera n'a jamais été. Mais pourquoi le passé ne servirait-il pas de leçon aux générations futures ? Pourquoi n'irions-nous pas retremper notre foi et notre courage à la source pure des croyances naïves, des efforts miraculeux, que les premiers siècles du christianisme ont vue jaillir ? Séparons de ce qui s'est évanoui pour toujours, ce qui demeure éternellement vivace et pratique : là se trouve notre étude, notre enseignement.

Le désir de l'isolement, la soif de la solitude n'est pas un besoin né du christianisme. A toutes les époques, il s'est rencontré des hommes auxquels leur humeur, la misère de leur temps, la corruption des mœurs, l'habitude de la concentration méditative a inspiré l'amour de la retraite. Lorsque la gloire littéraire et politique d'Athènes étincelle de son plus vif éclat, Timon le Misanthrope proteste contre son siècle et contre les faux amis de tous les âges en s'enfermant dans une tour, de laquelle il ne sort que pour lancer à la face de ses concitoyens les plus sanglants sarcasmes. L'apôtre le plus brillant du stoïcisme, Sénèque a exalté dans presque tous ses écrits les bienfaits de la solitude : le spectacle des vices arrache à son âme des cris de douleur et d'indignation. « Tu me demandes toute ma pensée, écrit-il à Lucilius ; ah ! je rentre chez moi plus cupide, plus ambitieux, plus porté à la débauche ; que dis-je ? plus cruel, plus inhumain. Et pourquoi ? Pour avoir vécu au milieu des hommes. » Et il adjure son élève de fuir le contact de la foule, de se retirer en lui-même, d'élever son âme au-dessus des appétits sensuels. Le disciple couronné d'Épictète, Marc-Aurèle ne demande aussi qu'à passer sa vie comme un pâtre sur la cime d'une montagne, loin du bruit, loin des passions de la terre, tout entier à la pensée rêveuse, tout abîmé dans la contemplation de Dieu. L'Ancien-Testament nous montre Élie et son disciple Élisée se dérobant aux souillures d'Israël, pour vivre d'herbes et de racines au sein du désert. Saint Jean se prépare par la solitude et par le jeûne à son rôle de précurseur du Messie, et le Christ passe dans la retraite et dans l'abstinence le temps qui sépare sa naissance du sacrifice accompli sur le Calvaire.

Fidèles à ces traditions de la nature et de l'exemple, les premiers chrétiens commencent aussi par des retraites individuelles leur propagande de renonciation aux choses de la terre, de dévouement sans réserve aux volontés de Dieu. Ils n'hésitent point à se séquestrer du monde, à vivre dans la solitude, comme leur prince Élie, pour parler avec saint Jérôme, comme Élisée, comme leurs chefs et capitaines les enfants des Prophètes. Ni le sacrifice de leur fortune, ni l'abandon de leur famille, ni le silence imposé à la voix du cœur, ne coûtent à ces âmes ardentes. Ils ne connaissent d'autre appel que celui du Christ : ils refoulent et domptent les autres sentiments, terrassent les révoltes de la chair, et viennent dire, comme saint Pierre au Fils de l'homme : « Voilà que nous avons tout abandonné et vous avons suivi. » Résignation sublime, et pourtant stérile, si elle se fût bornée à des immolations de personnes, à des sacrifices isolés ! Chercher dans la retraite les douces et molles extases d'une âme qui s'enivre de méditation et d'amour, mettre entre soi et les autres hommes le dédain superbe d'un cœur rempli de Dieu seul, confisquer au profit du salut individuel les facultés dues à la société tout entière; c'est fausser, par une interprétation illégitime, la loi du Christ. La gloire d'Antoine, de Pacôme, de Sérapion, est d'avoir compris cette sublime vérité. Le but constant de leurs efforts a été de réunir sous une loi commune les dévouements partiels et de les tourner à la gloire progressive du christianisme. En effet, nul acte humain n'a de valeur que par sa portée morale; plus cette portée s'étend, plus l'acte vaut. Il suit de là que la morale individuelle ne s'explique que par la morale sociale, qui lui sert à la fois de conséquence et de principe. Ainsi, borner à l'unique pensée d'un rapprochement de plus en plus intime avec la Divinité toute fuite du monde, toute vie séparée des autres hommes, c'est un calcul d'égoïsme religieux; mais faire servir cette abnégation absolue aux développements de la charité fraternelle, c'est un des plus beaux services rendus au genre humain.

Les temps étaient pleins de périls et de calamités. Les empereurs, en qui se résumaient les vices et l'intolérance de la religion païenne, cruels parce qu'ils défendaient une cause perdue, sévissaient contre les chrétiens avec une révoltante barbarie. Il n'est personne qui ne frémisse d'horreur, en lisant les affreux supplices auxquels on condamnait, d'après l'édit impérial, hommes, enfants, vieillards, femmes, coupables de christianisme. Le vieux monde romain, miné par des maux incurables, l'esclavage, le luxe, l'anarchie, l'abandon des cultures, s'agitait dans une convulsive agonie. Les Barbares, poussés par la main de Dieu, menaçaient de toutes parts les frontières mal défendues. L'hérésie, la pire épreuve de la foi, divisait l'armée du Christ en deux camps. Que faire, sinon se dresser de toute la force d'une conviction puissante contre ce débordement terrible? Les hommes dont nous retraçons la vie, ne manquèrent point à cet héroïque devoir. A une société corrompue et débauchée, ils donnent l'exemple de la virginité des mœurs; à l'avarice, au luxe, à la cupidité, ils opposent le dédain des biens de la terre, vendant leurs champs, leurs palais, pour en distribuer le prix à leurs frères et aux pauvres; au sabre des Barbares ils présentent leur tête et leur angélique résignation; contre l'orgueilleuse rébellion de l'hérésie ils élèvent le rempart de la soumission à la loi pure; et, du haut de ce rempart, ils combattent par la discussion, par la logique, par la vérité, l'erreur enfin vaincue. Le travail est abandonné, avili : ils le relèvent et le consacrent; l'esclave est une chose, ils en font un homme : ils l'appellent à eux; c'est leur égal, leur frère. Tout ce que rêvaient les philosophes stoïciens dans leurs plus généreuses pensées, les chrétiens le réalisent, le tournent en fait, l'accomplissent : ils fondent, en un mot, malgré le despotisme de l'empereur et de la société, un état que saint Augustin salue du nom de *république chrétienne*. Libres en effet de toute passion, de toute haine, de toute crainte, ils sont égaux par la fraternité.

Transportons-nous, Messieurs, par la pensée dans les solitudes de la Thébaïde, où vivent d'une vie commune plusieurs milliers de chrétiens. Est-ce pour goûter les douceurs de la vie contemplative, qu'ils se sont rassemblés?

Non ; ils se sont dévoués au salut du monde, que le christianisme pratique peut seul régénérer. Ils habitent des cellules, groupées en divers lieux, mais formant des ateliers immenses, qui comptent jusqu'à vingt mille ouvriers. Le niveau d'une règle sévère, modifiée par les besoins de la hiérarchie, courbe toutes les têtes et toutes les volontés. La grande loi du travail, formulée par saint Paul, est inscrite au front des monastères comme au cœur des moines : « Celui qui ne travaille pas ne doit pas manger. » En vain un soleil brûlant s'appesantit sur la plaine, accable le corps et l'épuise, l'âme trouve dans la foi et dans l'exemple une invincible énergie. La vie ascétique, suivant son vrai nom, est une vie d'exercice continuel, de travail assidu, d'immolation sans cesse renouvelée : ils l'épousent avec enthousiasme ; ils en acceptent avec une joie sereine les plus durs sacrifices ; ils la poétisent en la rattachant à un idéal céleste. « Qui donc, dit saint Athanase, qui donc, voyant ces troupes de moines unies par la concorde, où jamais n'a pénétré le crime ni la révolte, mais où règnent la continence et une lutte généreuse de mutuels devoirs, ne s'écrierait avec transport : Que tes maisons sont bonnes, ô Jacob ; qu'ils sont bons tes tabernacles, ô Israël ! Ce sont bosquets ombragés, jardins baignés de fleuves, tentes dressées par le Seigneur, cèdres du Liban sur les eaux ! » En effet, à la voix de saint Antoine, qu'accompagnent au désert Amathas et Macarius, les régions arides de l'Égypte se peuplent et s'animent. De nombreux disciples, pleins de jeunesse et de ferveur, accourent en foule à Pispir se ranger sous la conduite d'un si glorieux chef, s'inspirent de son exemple et de ses vertus, recueillent son héritage et continuent son œuvre. Les plus autorisés d'entre eux fondent de nouveaux monastères, et saint Pacôme donne à celui de Tabenne, sur les bords du Nil, les premières lois d'une constitution arrêtée.

Avant de prendre l'habit, les novices sont sévèrement éprouvés. Ils doivent mourir au monde pour revivre à Dieu, ne posséder rien en propre, observer le silence, écouter les plus sages, obéir en tout aux supérieurs, éloigner de leur cœur les mauvaises pensées, fuir l'arrogance et l'orgueil, sympathiser avec le deuil et les larmes, travailler sans relâche et sans espoir d'autre salaire que le bien commun.

Lorsque leur foi, leur courage et leur charité inspirent toute confiance, ils sont admis à la vie cénobitique. Une tunique noire ou brune, avec un capuchon de grosse toile; une peau de chèvre blanche, appelée *Mélote*, qu'ils jettent sur leurs épaules, forment leur vêtement. Leur extérieur doit être propre et modeste, sans négligence affectée comme sans ornements ambitieux. La voix est calme, grave, sans éclats; le maintien réservé, les yeux à terre, l'esprit au ciel. Point d'assurance ou d'exaltation, point de rire immodéré, point d'impatience : soumission absolue au chef. Dans le chef suprême se résume l'unité de la société monastique, miroir fidèle de l'unité du monde. Les animaux, dit saint Jérôme, obéissant à l'instinct que Dieu leur a départi, les abeilles, les grues, se choisissent un guide : il n'y a qu'un seul empereur, qu'un seul juge de province, qu'un pilote dans un navire, comme il n'y a qu'un Dieu dans l'univers. Partout la dualité a été le symptôme de la discorde et de la guerre. Abel est tué par Caïn, Esaü trompé par Jacob : Rome naissante a deux rois ; le plus fort immole son frère. Que l'unité soit donc l'âme de la vie commune, le symbole de l'amour, la loi de la concorde. Le chef, καθηγούμενος, prend le nom patriarchal d'abbé, *abbas*, qui veut dire père. Tout plie sous sa volonté souveraine, consentie par tous.

Sous ses ordres immédiats viennent les chefs de chacune des centuries, ou divisions générales de toute la société. Aux centurions obéissent les doyens, *decani*, ou chefs de décurie, subdivisions par dix de la centurie. Le doyen se place à la tête de sa décurie et la conduit au travail ou à la prière. C'est à lui que sont apportés les ouvrages faits en commun : il les remet à l'économe, qui, chaque mois, rend ses comptes à l'abbé. Telle est la sagesse du gouvernement, que jamais il n'y a matière à plaintes; un frère ne saurait dire : Je n'ai pas de tunique, ou bien : Il me manque une natte de joncs pour le repos ; l'économe, sur l'avis du doyen, y a toujours pourvu.

La nourriture est frugale et simple. Le pain, semblable à nos biscuits de mer, est préparé pour six mois. Des légumes assaisonnés de sel, et quelquefois d'huile, des figues sèches, du miel, un peu de vin aux vieillards, réparent les forces pour le travail. Le père goûte le premier le repas servi par les soins de l'économe. Les jeûnes sont modérés et toujours proportionnés à la santé de ceux qui les subissent. Les austérités exagérées ne sont pas plus permises qu'une mollesse coupable et sensuelle.

Dès le lever du soleil, toutes les décuries se rassemblent et les psaumes du matin retentissent :

Frères, chantons les hymnes du matin;

> Chantons en chœur Jésus-Christ notre roi;
> Qu'en son honneur notre voix retentisse;
> Payons-lui le tribut de nos justes louanges!

Vient ensuite la lecture de l'Écriture sainte; après quoi tous s'asseient, et le père, se plaçant debout au milieu de l'assemblée, fait un discours sur un sujet de dogme ou de morale. Le silence est absolu : personne ne lève les yeux ni ne détourne la tête. Les larmes de l'auditoire sont le plus bel éloge de l'orateur.

Quand l'heure du travail a sonné, l'assemblée se sépare; les décuries se forment, et chaque ouvrier se rend à son poste accoutumé. Les ateliers sont divisés par corporations de métiers. Outre les arts nécessaires à la vie, comme la boulangerie, la préparation des repas, et les professions dont elles relèvent, ici, des tisserands font courir la navette sur la trame; là, des menuisiers manient la scie et le rabot. Les vases de métal, les ustensiles de toute espèce, sont fabriqués par des chaudronniers. Des maçons élèvent ou réparent les cellules. Des tailleurs coupent et ajustent les tuniques. Des cordonniers cousent les chaussures. Ailleurs, on tresse avec du jonc les nattes sur lesquelles dorment les frères; plus loin, on fait des corbeilles d'osier ou des filets à prendre le poisson. Au dehors s'accomplissent les grands travaux de défrichement, de culture, de jardinage. On bine le terrain; on met au niveau des plates-bandes semées de légumes : on arrose les semis. On greffe des arbres fruitiers; on plante des boutures. On dispose des ruches, dont on soigne les abeilles. On dirige dans les jardins des canaux d'irrigation ou des chutes d'eaux vives; travail d'effet gracieux et pittoresque, qui arrache à saint Jérôme cette poétique citation :

Ecce supercilio clivosi tramitis undam
Elicit : illa cadens raucum per lævia murmur
Saxa ciet, scatebrisque arentia temperat arva.

VIRG. Georg. I. 108.

Aussitôt je le vois par une douce pente
Amener du sommet d'un rocher sourcilleux
Un docile ruisseau, qui sur un lit pierreux
Tombe, écume, et, roulant avec un doux murmure,
Des champs désaltérés ranime la verdure.

DELILLE.

A l'époque de la moisson, on fauche les blés : on les rentre, on les bat, on en serre la provision voulue ; le reste est distribué aux monastères voisins et aux pauvres ; on en charge même des vaisseaux pour aller au loin répandre des aumônes. Ceux que leur santé tient éloignés des professions manuelles, sont occupés à écrire les livres saints.

Tous ces travaux s'exécutent avec une précision et une régularité admirables. Le chef commande, les moines obéissent sans murmure. Le but du travail, outre la sauvegarde de la moralité, est la vie assurée à chacun et le maintien de la discipline : ne pas travailler, c'est donc voler ses frères et troubler l'ordre général. C'est, de plus, ouvrir son âme aux séductions, aux criminelles pensées, aux attachements du monde et de la chair. Le travailleur paresseux ou insoumis reçoit d'abord les conseils paternels de son chef. Celui-ci lui rappelle ces paroles de Salomon : *Panem otiosa non comedat*, ou ce reproche impérieux : *Vade ad formicam, piger.* Il est rare que ces avis ne soient point écoutés. Si cependant l'infraction se renouvelle, le coupable est exclu du monastère et exilé dans le monde.

Les ouvrages qui ne trouvent pas leur emploi dans la communauté, sont vendus au profit de tous. Le produit est mis en commun. Il est interdit d'aller vendre au-delà d'un rayon limité, et de chercher à faire un gros bénéfice. L'argent superflu est distribué aux pauvres.

Le soir venu, après le repas et la prière en commun, chaque frère retourne à sa cellule. Là, il doit se livrer à l'examen de sa conscience et prier en particulier. Les chefs ont droit de surveillance pendant la nuit. Ils parcourent leurs divisions respectives, et s'assurent, en écoutant à la porte des cellules, comment chacun remplit son devoir. S'il est quelqu'un dont le zèle paraisse incertain et la volonté chancelante, ils ne s'emportent pas contre un frère plus à plaindre qu'à blâmer; mais ils lui parlent avec douceur, reviennent souvent le visiter et l'excitent à la prière par leur exemple. Les infirmités du corps sont l'objet d'une sollicitude aussi vive que les langueurs de l'âme. Les malades sont transportés dans une vaste salle et livrés aux soins des vieillards.

Autour de ces faits, qui tous respirent le dévouement et la charité, viennent se grouper des légendes naïves, dont le sens prouve combien l'action et le travail étaient aux yeux des fondateurs un moyen puissant de moralisation et de piété. Entre mille, j'en choisis une, mise plus tard en vers par saint Fulbert, évêque de Chartres, et dont je hasarde ici la traduction.

In vitis patrum veterum quiddam legi jucundum (1)

---

(1) Edélestand du Méril. Poésies latines, antérieures au XIIe siècle. Notez qu'il faut, pour l'intelligence du rhythme de ces vers,

Exemplo tamen habile, quod vobis dico rhythmice.
Johannes, abba parvulus statura, non virtutibus,
Ita majori socio, quocum erat in heremo :
Volo, dicebat, vivere, sicut angelus secure,
Nec veste, nec cibo frui, qui laboretur manibus.
Respondet frater : Moneo ne sis incepti properus (1)
Quod tibi postmodum sit non cœpisse satius.
At ille : Qui non dimicat, non cadit neque superat ;
Et nudus heremum interiorem penetrat.
Septem dies, graminis vix ibi durat pabulo (2).
Octava, fames imperat ut ad sodalem redeat.
Qui sero, clausa janua, tutus sedet in cellula,
Cum minor voce debili appellat : Frater, aperi ;
Johannes, opis indigus, notis assistit foribus :

---

les séparer en deux hémistiches bien distincts, de cette manière :

In vitis veterum patrum — quiddam legi jucundum
Exemplo tamen habile, — quod vobis dico rhythmice.

Alors on trouvera : 1.º que le milieu de chaque vers rime avec la fin ; 2.º que ce sont des vers de huit syllabes, dans lesquels le mètre est remplacé par le rhythme. Ces innovations dans la poésie latine servent de transition aux premiers essais de notre poésie nationale. C'est pourquoi nous y insistons.

(1) Le rhythme change : au lieu d'être intérieure, la rime est finale. Peut-être l'auteur veut-il attirer davantage l'attention par ce changement soudain de forme ; car il reprend l'allure régulière presque aussitôt après les conseils prudents du vieil abbé.

(2) Le texte original porte : *Nix ubi ;* l'éditeur savant et judicieux que nous suivons, propose avec justesse la correction substituée dans le texte : *Vix ibi.*

Ne spernat tua pietas quem redigit necessitas.
Respondet ille deintus : Johannes factus angelus
Miratur cœli cardines, ultra non curat homines (1).
Foris Johannes excubat, malamque noctem tolerat,
Et præter voluntariam hanc agit pœnitentiam.
Facto mane recipitur, satisque verbis uritur;
Sic (2) intentus ad crustula, fert patienter omnia.
Refocillatus Domino grates agit ac socio.
Dehinc rastellum brachiis tentat movere languidis;
Castigatus angustia de levitate nimia.
Cum angelus non potuit, vir bonus esse didicit.

« Dans les Vies des anciens Pères, j'ai lu un trait fort
agréable, et néanmoins d'instructive leçon; je vais vous
le raconter en vers. Jehan, abbé de petite taille, mais de
grandes vertus, s'adressant au compagnon plus âgé que
lui avec lequel il demeurait au désert : Je veux, dit-il,
vivre exempt de soin, comme un ange, me passant d'ha-
bits et de nourriture préparée de main d'homme. Le frère
lui répond : Suivez mon conseil, n'allez pas entreprendre
à la légère une chose qu'il vaudrait mieux pour vous ensuite n'avoir pas commencée. Mais l'autre : Qui ne combat
pas ne saurait succomber ni vaincre. Et le voilà tout nu,

---

(1) Il se peut bien qu'il y ait ici réminiscence de ces deux beaux
vers de Virgile :

Candidus insuetum miratur limen Olympi
Sub pedibusque videt nubes et sidera Daphnis.

(*Eglog. V; v. 56, 57.*)

(2) Je lirais plus volontiers : *Sed intentus;* et je traduis en
conséquence.

s'enfonçant dans l'intérieur du désert. Pendant sept jours il y demeure à grand'peine, ne vivant que d'herbages. Le huitième jour, la faim le contraint à revenir à son frère, qui, le soir, la porte fermée, est tranquillement assis dans sa cellule. Le plus jeune d'une voix faible l'appelle : Frère, ouvrez-moi; votre Jehan, ayant besoin d'aide, est devant la porte; que votre piété ne repousse celui que réduit la nécessité. L'autre lui répond de l'intérieur : Ce Jehan dont vous parlez est fait ange, il admire les portes des cieux et s'inquiète fort peu des hommes. Jehan est forcé de coucher à la porte; il passe une mauvaise nuit, et subit cette seconde pénitence, outre celle qu'il s'était imposée. Le matin, on lui ouvre : il est vivement grondé; mais tout entier aux mets qu'il savoure, il supporte tout avec patience. Une fois restauré, il rend grâces à Dieu et à son compagnon; puis il cherche d'un bras faible encore à reprendre son râteau, bien corrigé par la famine de son extrême légèreté. Ne pouvant devenir ange, il apprit à être homme de bien (1).. »

Telle est, Messieurs, d'après les documents originaux, l'esquisse touchante de cette vie du désert. Exemple à jamais perdu de la soumission exclusive de l'homme à l'homme, d'une foi collective et indivise à un principe commun, d'une association complète et absolue des cœurs, des idées, des travaux; leçon admirable donnée au genre humain et dont notre société moderne peut profiter! Hâ-

______

(1) L'homme, dit Pascal, n'est ni ange, ni bête; et le malheur veut que qui veut faire l'ange fait la bête.

tons-nous de dire, toutefois, qu'il y aurait une erreur étrange à ne pas tenir compte de la différence des temps, ainsi que du milieu historique et social dans lequel nous vivons. Toute la question, en effet, est là.

Les travailleurs des premiers siècles chrétiens étaient une exception dans la société. Gardiens de la vertu, au sein d'un monde qui se mourait de dissolution, ils formaient une minorité saine et intacte, mais d'une grande faiblesse numérique. Aujourd'hui, le travail et l'industrie ont acquis, sous l'impulsion providentielle de la science et du talent, des proportions gigantesques. Tout le monde travaille : notre France est une ruche d'où s'envole, chassé par la réprobation publique, l'essaim paresseux des frelons. Le devoir de l'époque actuelle n'est donc plus de développer le travail par l'exemple; mais de le discipliner, de faire prévaloir contre les empiétements de la concurrence et de l'égoïsme les principes sublimes de la charité chrétienne, d'assurer à tout homme qui veut vivre par le travail, le travail de chaque jour. Rêver la communauté des biens, l'absorption de la propriété, ou bien encore une subdivision illégale du territoire, c'est vouloir détruire l'œuvre même de Dieu, anéantir la famille, substituer le joug d'une tyrannie stérile aux fécondes promesses de la liberté; c'est faire de la France un couvent de travailleurs. Si le sang de nos pères nous a conquis les plus larges franchises, si nous nous sentons résolus à les défendre au péril même de nos jours, ce n'est pas pour assurer le triomphe des utopies: c'est pour maintenir ce qui existe, l'améliorer, le perfectionner, le défendre contre la violence des erreurs; c'est pour passer, par des gradations transitives, à un état plus fortuné. Je ne dis pas qu'il ne vienne un jour où la société, qui croît et grandit sans cesse, brisera les langes où les intérêts matériels de ce temps la tiennent encore enfermée. Mais si la société, pour continuer ma figure, est encore dans son enfance républicaine, la pousser à une précocité trop hâtive, la contraindre, à la façon de ces pères injustes et coupables, la contraindre par la brutalité à porter un fardeau qui excéderait ses forces, c'est la condamner à mourir avant l'âge de la maturité et de la vigueur.

Qu'ainsi, Messieurs, nos vœux et nos actes, comme ceux des premiers travailleurs chrétiens, tendent à porter le monde vers un meilleur avenir; mais tenons compte des nécessités présentes, des devoirs qu'elles nous imposent, et souvenons-nous de cette maxime des travailleurs : A chaque jour suffit sa peine ; non qu'il faille s'endormir dans une criminelle incurie, mais parce que le soin trop inquiet du lendemain arrête et gâte le travail du jour!

(Lu à la Société Académique de Nantes, le 3 mai 1848).

Nantes, Imprimerie de Mme veuve Camille Mellinet. — 44,968.